波波鼠美食團
秋日香甜南瓜湯

圖文作者：文寀賓
翻　　譯：何莉莉
責任編輯：趙慧雅
美術設計：張思婷
出　　版：新雅文化事業有限公司
　　　　　香港英皇道499號北角工業大廈18樓
　　　　　電話：(852) 2138 7998
　　　　　傳真：(852) 2597 4003
　　　　　網址：http://www.sunya.com.hk
　　　　　電郵：marketing@sunya.com.hk
發　　行：香港聯合書刊物流有限公司
　　　　　香港荃灣德士古道220-248號荃灣工業中心16樓
　　　　　電話：(852) 2150 2100
　　　　　傳真：(852) 2407 3062
　　　　　電郵：info@suplogistics.com.hk
印　　刷：中華商務彩色印刷有限公司
　　　　　香港新界大埔汀麗路36號
版　　次：二〇二一年十一月初版
　　　　　二〇二三年十月第二次印刷

ISBN: 978-962-08-7872-5
Original title: 얄라차 생쥐 형제 3: 노을 수프
Copyright © 2021 by Moon Chae Bin
This translation Copyright is arranged with Mirae N Co., Ltd.
All rights reserved.
Traditional Chinese Edition © 2021 by Sun Ya Publications (HK) Ltd.
18/F, North Point Industrial Building, 499 King's Road, Hong Kong
Published in Hong Kong SAR, China
Printed in China

文寀賓

貓是她創作的靈感來源。她每天都在自己經營的「無辜工作室」裏，過着充滿了貓毛和畫作的生活。《波波鼠美食團》是她第一套撰寫及繪畫的創意圖畫書，她希望藉此帶給讀者香甜的美味感覺。大家不妨在書頁中找出她的身影吧！

波波鼠美食團
秋日香甜南瓜湯

圖．文：文宋賓

某一個涼快的秋日，黃葉片片、果實累累。
在森林深處的歡樂小鎮裏，有七隻蹦蹦跳跳的波波鼠。
他們就是愛玩又愛吃的波波鼠美食團！

新雅文化事業有限公司
www.sunya.com.hk

今天是歡樂小鎮**舉行秋季運動會**的日子。波波鼠美食團，一大早就起牀，整齊地穿上運動服，奔向運動場！看來運動會很快就要開始了。

在歡樂小鎮運動場上，
大家正在加緊練習。
多多在練習跑步，
雷雷在練習蓮步舞，
米米在練習射彩球，
花花和滋滋在練習跳大繩，
蘇蘇在樹蔭下睡着了。
啦啦在練習跳馬。

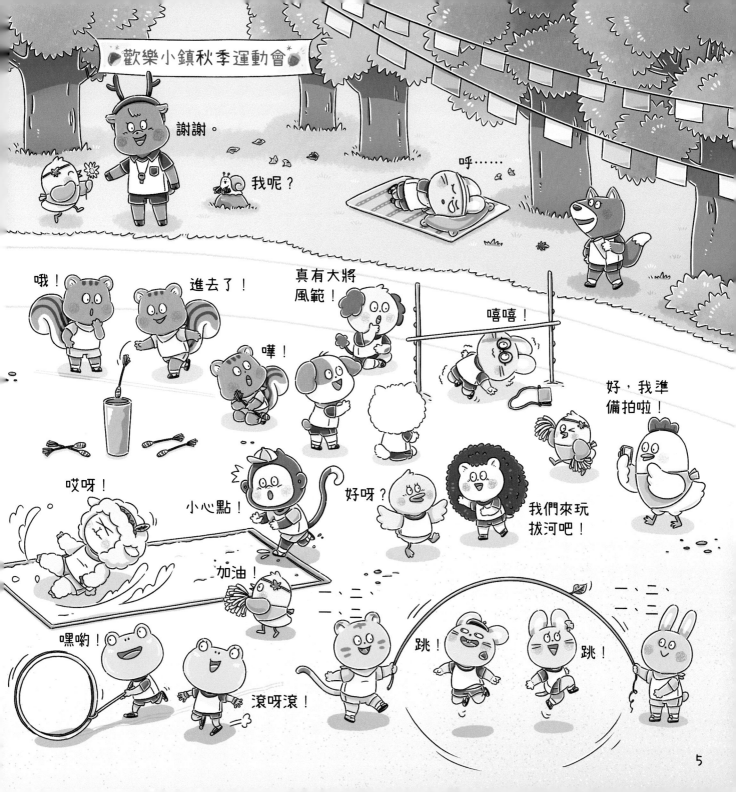

「歡樂小鎮秋季運動會**正式開始！**」
麋鹿裁判用力敲響銅鑼！**噹！**

第一個比賽項目是拔河。
參賽者分別站在繩子兩邊，
用力拉扯繩子，將對手拉倒就
可以勝出了。所有人都用盡全力，
將繩子拉緊。

來玩二人三足，將其中一隻腳綁在一起，向前跑！

跳呀跳，跨過跳馬！跳呀跳，我要吃綁在上面的
餅乾！努力！

齊心協力配合好節奏，跳大繩，看我們的耐力！

接下來是打破彩球項目！大家用力將栗子扔向彩球，
讓彩球**爆開**！

來到最後一個競技項目了，
就是**滾大皮球**比賽！
大家要推着巨大的球，
在小鎮裏繞一圈！

歡樂小鎮秋季運動會

各就各位！

出發！

好！

開始了！

走吧？

我也要參加！

好期待啊！

我們要拿第一！

波波鼠美食團推着大皮球走上了秋天的山丘。

樹林裏鋪滿了漂亮的黃葉，長滿了鮮嫩的果實，牢牢地吸住了波波鼠美食團的視線。

15

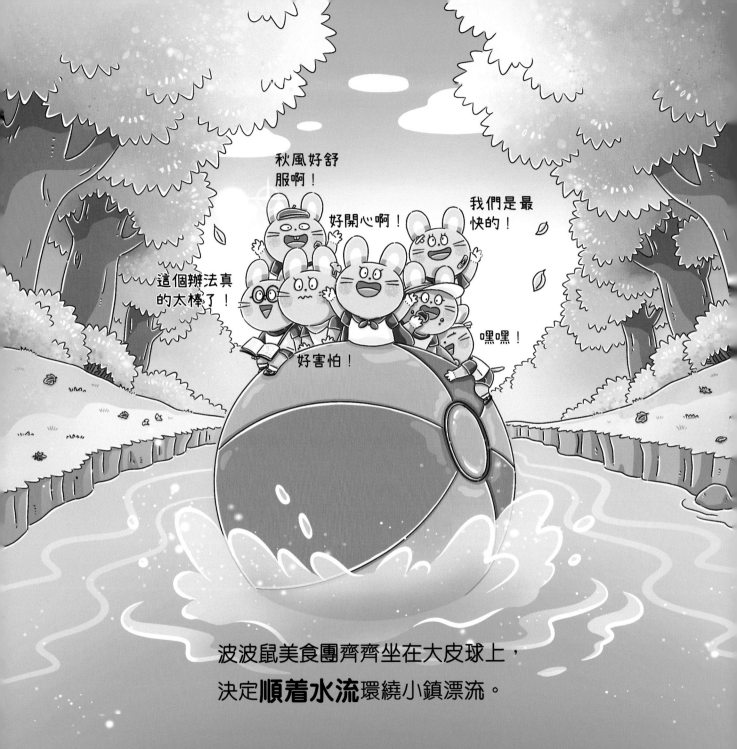

波波鼠美食團齊齊坐在大皮球上，
決定**順着水流**環繞小鎮漂流。

但是大皮球漂流的速度**越來越快！越來越快！**
終於俯衝往下……

哇！每隻波波鼠都感到天旋地轉，
但是他們決不能在這裏停下！
因為**終點**就在前面。

波波鼠美食團用盡全力推着大皮球前進。就在他們奮力地、使勁地推着球的時候……

歡樂小鎮秋季運動會

大家辛苦了！

恭喜你們！

真的嗎？　真的嗎？　我們是最先到達的！

難以置信！　太棒了！

恭喜！波波鼠美食團是**第一名**！

波波鼠美食團和歡樂小鎮的朋友們一起
把巨型南瓜切開，再挖空裏面，
倒入溪水，把南瓜裏的材料翻滾
烹煮。

南瓜籽要
挑出來。

我來裝滿它！

小心！

抬高！

再放點
柿子。

大家把在推大皮球期間，在森林裏
撿到的所有美味蔬果都放進去。

運動會過後，大家的肚子都餓扁了，因為做了一整天的運動呢！
咕嚕嚕！大家聚在一起看着南瓜，口水直流，等待着料理煮熟。
甜滋滋的南瓜香味飄滿這個小鎮……

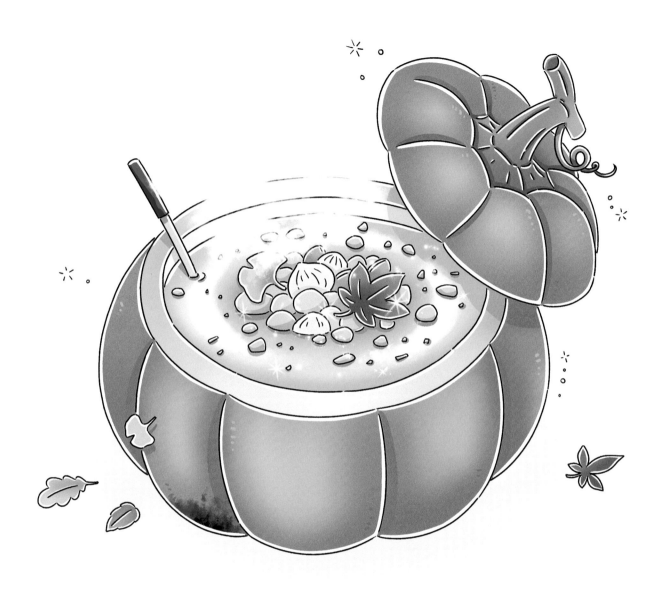

由甜甜的南瓜、栗子、橡子等材料做成的南瓜湯完成了。
南瓜湯看起來就像秋天的晚霞，所以大家就叫它做
「**秋日香甜南瓜湯**」。

「我要喝啦！」

28

南瓜湯把大家空空的腸胃都填滿了。運動會結束後喝一碗南瓜湯，就好像有一股被楓葉映黃的秋日陽光味道。

29

不知不覺，秋日的天空也被楓葉染紅了。

如果嘗一口秋風的話，應該是**南瓜味的**。

「我們明天再一起玩吧！」

現在到了要回家的時間啦！

謝謝你的打氣。

跑起來吧！

再見！下次再見啦！

呼！吹吹看！

是這樣嗎？

當秋風吹起，南瓜開始成熟的時候，
一起來秋意濃濃的歡樂小鎮喝香甜南瓜湯吧！